I0686584

FORTUNÉ DE LILLE

LA

FAUSSE COMMUNE

OU

LA MASCARADE FUNÈBRE

DE 1871

CAUCHEMAR POLITIQUE EN VERS INFINIMENT LIBRES

Me pedibus delectat claudere verba.
(HORACE)

PARIS

CHEZ TOUS LES LIBRAIRES

DE FRANCE ET DE L'ÉTRANGER

1871

Y.

LA

FAUSSE COMMUNE

PARIS — EDOUARD BLOT, IMPRIMEUR, RUE BELLE, 7.

FORTUNÉ DE LILLE

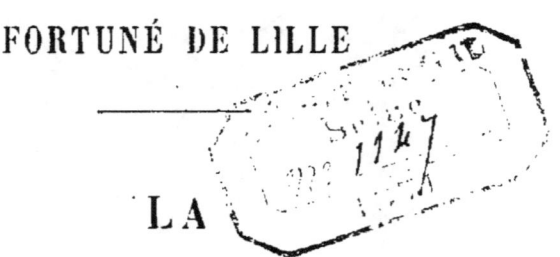

LA

FAUSSE COMMUNE

OU

LA MASCARADE FUNÈBRE

DE 1871

CAUCHEMAR POLITIQUE EN VERS INFINIMENT LIBRES

Me pedibus delectat claudere verba.
(HORACE)

PARIS

CHEZ TOUS LES LIBRAIRES

DE FRANCE ET DE L'ÉTRANGER

1871

UN MOT

—

Ces vers ont été composés au jour le jour, sous la pression des faits et gestes et sous l'influence des diverses évolutions de la Commune.

L'auteur a été surpris et arrêté dans son œuvre par l'épouvantable catastrophe au milieu de laquelle s'est abîmé, avec une partie de Paris, l'Hôtel-de-Ville qui, pendant deux mois, avait servi de repaire à ceux dont le vol, l'assassinat et l'incendie, ont seuls signalé le passage.

LA

FAUSSE COMMUNE

————

PREMIÈRE PARTIE

Dieu fit les rois, à ce qu'on dit, pour moi,

Mes bons amis, franchement je le croi,

Car, vils humains, nous sommes trop peu sages

Pour avoir fait de si charmants ouvrages.

Or, sur ce point, voici mon sentiment,

Et je veux bien vous le dire à l'oreille :

Le jour où Dieu, du haut du firmament,

Expédia l'ampoule, en ce moment

Graine de rois était dans la bouteille.

Dans le temps donc et dans l'éternité,

Malheur à ceux qui, par un zèle impie,

S'en vont sapant la vieille royauté,

Et sectateurs de la philosophie,

Tous les matins, à la foule ébahie

Jettent ce mot terrible : Égalité!

Les insensés, quelle est leur espérance,

En détruisant l'œuvre antique de Dieu!

Mais sans un roi que deviendrait la France?

Chacun de nous n'aurait ni feu ni lieu :

Tristes Colombs, une mer sans rivages,

Hurlant sans cesse autour de notre esquif,

Nous pousserait, au milieu des orages,

De roc en roc, de récif en récif;

Et si jamais, perçant la nuit profonde,

Un beau soleil nous souriait encor,

Et sur nos fronts, à nos pieds et dans l'onde,

En se jouant, épandait ses flots d'or;

Si le zéphyr vers quelque nouveau monde,

Second Eden, à l'air suave et pur,

Au ciel paré de lumière et d'azur,

Guidait enfin notre nef vagabonde,

De ce bonheur, objet de tous nos vœux,

Pauvres humains, serions-nous plus heureux?

Je ne le crois : une longue habitude

Au joug, hélas! nous a tous façonnés;

Porter le bât qu'ont porté nos aînés,

C'est notre lot. La charge est un peu rude,

J'en conviendrai; mais ne vaut-il pas mieux,

Dignes enfants et pieux légataires,

Transmettre intact à nos derniers neveux

Le don royal que nous ont fait nos pères,

Que de courir, jouets d'un fol espoir,

Après un mieux incertain, qui peut-être,

Vu de plus près, pourrait bien ne pas être

Tel que de loin nous aimons à le voir.

Pendant longtemps j'ai tenu ce langage,

Et je croyais lors raisonner en sage;

Mais à mon cœur soudain le jour à lui,

. Et de mes torts je m'accuse aujourd'hui.

Un nouveau monde accomplit sa genèse ! !

Bien loin de nous le monde ancien a fui,

Et du passé tout s'est évanoui;

Je le redis, c'est tout une genèse.

Il ne s'agit, comme en Quatre-vingt-neuf,

Avec du vieux de refaire du neuf,

Ni d'achever ce qu'en Quatre-vingt-treize

Ont ébauché Robespierre et Babeuf;

Non, non, Paris veut que de sa fournaise

Tout sorte pur, net et nu comme un œuf.

Encore un coup, c'est tout une genèse ! !

Bénis soient donc Dieu, la Vierge et les Saints

Qui, conjurant notre malefortune,

Ont à jamais assuré nos destins,

Et suscitant tout à coup la Commune,

Nous ont placés sous l'aile et dans les mains

Des plus foncés des vieux républicains.

Oui, bénis soient Dieu, la Vierge et les Saints !

Au lieu d'un roi, d'un empereur, d'un maître,

Nous en avons aujourd'hui quatre-vingts,

Et quatre cents tout disposés à l'être ;

Nos moindres clubs sont de féconds essaims,

Où grouille un tas d'apprentis souverains,

Prêts à voler..... pour se faire connaître.

Qui le croirait, au seuil de l'avenir

Que nous promet la Commune et sa queue,

Il est des gens qui, pris d'une peur bleue,

S'en vont criant : «Le monde va finir !

« Les citoyens sont livrés aux Ilotes,

« Dans son courroux le ciel, pour nous punir,

« Fait des bas-fonds sourdre des Sans-culotes.

« Vils partageux, immondes patriotes,

« Sans feu ni lieu, qu'en nos plus mauvais jours,

« Les noirs égouts et le bagne et Bicêtre

« Mettent en bloc à la solde du maître

« Qui sous sa loi veut ranger nos faubourgs. »

D'autres, frappés de terreurs plus étranges,

Et fascinés par un malin esprit,

Voient dans Blanqui le chef des mauvais anges

Et dans Félix Pyat un antechrist.

Triple sottise et triple calomnie !!

Oui, dans les rangs des soldats citoyens,

Se sont fondus d'exécrables vauriens,

Bandits de Grèce et bravi d'Italie :

Tous les États nous déversent leur lie,

Des souteneurs se sont faits nos soutiens.. ..

Mais des combats le feu les purifie.

O quatre fois sacrilége est celui.

Qui méconnait les vertus de Blanqui !

Établissons la valeur de cet homme :

Considéré comme républicain,

C'est moins qu'un Grec, et bien moins qu'un Romain,

J'entends Romain des plus beaux temps de Rome ;

D'Harmodius et d'Aristogiton

Il n'a la foi, ni la mâle énergie,

De sang jamais sa main ne s'est rougie,

Et si jadis il eût été Caton,

De se tuer il n'eût pas eu l'envie.

Chaud partisan du principe nouveau

Qu'en politique on doit sauver sa peau,

Et que trahir n'a rien de malhonnète,

Quand d'un complot on est l'âme et la tête ;

Il s'empressa, se voyant compromis,

De dénoncer ses plus anciens amis ;

Et s'il eût dû faire le sacrifice,

A son salut, de son dernier complice,

Nous l'aurions vu, sans plus s'en émouvoir.

En patriote accomplir ce devoir.

N'induisez pas de là que c'est un lâche,

Vous tomberiez dans une grave erreur ;

S'il fuit, croyez que ce n'est pas par peur,

Mais pour ne pas interrompre sa tâche ;

S'il a commis de basses trahisons,

Ne doutez pas qu'il n'ait eu ses raisons ;

Inébranlable en sa foi politique,

Pour son triomphe il ne ménage rien ;

Mais qu'à jamais sombre la république,

S'il n'en est pas le premier citoyen !

———

Bien que, depuis plus de quarante années,

Le noir tableau des *Filles de Séjan*

Ait à Pyat conquis un très-haut rang

En politique, et que nos destinées

Aient de son cœur, non-seulement ici,

Mais dans l'exil, été l'âcre souci ;

Bien que, trois fois soulevant la tempête

Contre le trône, il ait joué sa tête,

Et qu'il n'ait dû son salut qu'au hasard

De se trouver au jour de la défaite,

Non à l'abri, mais du moins à l'écart ;

Le croiriez-vous, loin de lui tenir compte

De ses constants et courageux efforts

Pour affranchir son pays de la honte,

Un vieux monsieur, un sénateur, un comte,

Que je croyais de la Chambre des lords,

Vu son accent, un de ces preux si forts

Et si hardis quand ils n'ont rien à craindre,

Au cercle, un jour, me dit : « Je puis vous peindre

« Et vous croquer ce fameux citoyen ;

« Le voulez-vous ?

        — Soit.

             — Écoutez donc bien :

    « Une vanité colossale,

    « Une chaleur froide, un talent

    « D'emprunt, un orgueil insolent

    « Qui tout insulte et tout ravale,

« Telle est l'esquisse du portrait

« Que je vais ombrer trait par trait.

« Ou dramaturge ou pamphlétaire,

« Gardez-vous de l'apparier

« A Dumas pas plus qu'à Courier ;

« C'est leur plus humble caudataire :

« Qui lui préfère Rochefort

« Et même Anicet n'a pas tort.

« Qu'il s'admire et qu'il s'idolâtre ;

« Sa place, au jugement de tous,

« Est dans le troisième dessous

« Dans la presse comme au théâtre ;

« Je vous le dis en vérité :

« En tout c'est la médiocrité.

« Grattez, épluchez la Commune,

« Récurez tout, bêtes et gens,

« Dans les cœurs les plus purulents

« Vous trouverez moins de rancune,

« Que cet homme en son noir passé

« N'en a contre tous amassé.

« Ennemi des plus vieilles gloires

« Qu'il poursuit au fond du tombeau,

« Il brise, Erostrate nouveau,

« Les monuments de nos victoires,

« Prêt à tout couvrir d'un linceul,

« Pour que son nom survive seul.

« Tour à tour sa plume et sa bouche

« Déversent le plus âcre fiel,

« Tout ce qui grandit sous le ciel

« Irrite son humeur farouche;

« Et s'il ne s'insurge ici-bas

« Contre Dieu....c'est qu'il n'y croit pas.

« J'ai peu flatté le personnage,

« Mais, n'étant pas de ses amis,

2

« J'ai pensé qu'il m'était permis

« De n'en pas estomper l'image ;

« J'ai peint sur le vif. Est-il bien

« Au physique ? je n'en sais rien.

« Je n'en dirai pas davantage. »

Exaspéré contre un tel jugement,

Je protestai d'abord très-hautement,

Et répondis ce qu'il fallait répondre ;

Mais ce monsieur, que je croyais confondre,

Me déclara, loin de rétracter rien,

Qu'en son exil, Pyat s'était, à Londre,

Conduit vingt ans en mauvais citoyen.

DEUXIÈME PARTIE

J'ai toujours eu le plus profond mépris

Pour les jongleurs de toutes les Églises,

Conséquemment, je n'ai jamais compris

Que l'on donnât créance à leurs sottises :

Aussi parmi les fiers républicains,

Les purs des purs, les *démocs* à tous crins,

La fleur des pois de nos clubs politiques,

J'ai rencontré de si médiocres saints

Que j'ai très-peu de foi dans leurs reliques.

Ils m'ont un jour pris à leur boniment,

Et quand Paris décréta la Commune,

J'ai cru..... L'erreur n'a duré qu'un moment,

Et depuis lors je leur garde rancune.

Les sacripants ! comme ils nous ont bernés !

Par leur jargon, indignement trompée,

La nation fut prise à la pipée.....

Et, seul, Dieu sait ce qui nous pend au nez.

Aussi d'aucuns (j'ai honte de le dire)

Désespérés, voyant que tout empire,

Et s'estimant sans appel condamnés

A supporter, jusqu'au sanglant martyre,

Le joug pesant de tous ces forcenés,

En sont venus à regretter l'Empire !

Signe des temps ! mais retour insensé

D'un noir présent vers un triste passé.

Lorsque Paris s'achemina vers l'urne

J'y fus poussé par un dernier espoir;

Au fond, j'étais perplexe et taciturne,

Mais je tenais à remplir un devoir.

J'avais fait choix des noms les plus illustres,

Et prudemment dressé mon bulletin,

Ne voulant pas voir sortir du scrutin,

Victorieux, des ruraux ni des rustres.

Mais je tombai de mon haut, quand je lus

Trois jours après la liste des élus !

Quels noms piteux ! En aucun temps, lecture

Ne me causa pareille tablature,

Et je veux bien donner ma langue aux chiens,

Si je connais un de ces citoyens ! !

Les clubs, dit-on, rivalisant de zèle,

Dans l'urne ensemble ont vidé leur écuelle

Au premier tour, avec un cuisinier,

On vit sortir un ancien tapissier,

Un vidangeur, un ex-maître d'école,

Un pharmacien, le ténor de la viole,

Enfin Adam, Babick, Blanchet, Chéron,

Champy, Chalain, Frankel, Loiseau-Pinson,

Geresme, Nast, Ostyn, Pindy, Verdure,

Douze fruits secs de la littérature,

L'Anacréon de l'Institut Bullier,

Qnatre rapins, rebut de l'atelier,

Deux directeurs de ces couvents, qu'en France,

Nous appelons maisons de tolérance ;

Pour dire tout, quatre-vingts déclassés,

Gens n'ayant rien ou n'ayant pas assez.

Or, je le dis, sans passion aucune,

Avec ce tas de médiocrités,

Paris sera des vieilles libertés,

Non le rempart, mais la fosse commune.

———

Le jour se fait : tout ce que j'ai prédit

De point en point sous nos yeux s'accomplit :

On met la main, le pied sur nos franchises,

Contre la presse on lance l'interdit,

On fait le sac de toutes les églises ;

Le moribond désespéré frémit,

Car un soudard, du chevet de son lit,

Vient d'arracher la croix qui le console ;

Signe suspect, ce glorieux symbole

Est enlevé comme corps de délit,

Dès qu'on le trouve aux murs d'une humble école.

Cela se fait en plein jour, en vertu

D'un arrêté contresigné *Mottu*.

Enfin, narguant l'éternelle justice,

Des argousins, conduits par Pilotell,

Font violemment descendre de l'autel,

Devant le peuple assemblé pour l'office,

Le prêtre, avant la fin du sacrifice...

Nos Communeux font pis que Jézabel.

Vertus, talents, gloire, honneur et fortune,
De votre éclat vous blessez la Commune.

Ces malandrins roulent dans leur cerveau
Le prompt moyen d'établir le niveau ;
Et pour que rien, plus tard, ne les menace,
C'est par en bas qu'ils veulent qu'il se fasse.

Aussi, malheur à celui dont le front
S'élève trop au-dessus de la foule !
Qui se distingue à tous leur fait affront ;
Et si bientôt la Commune ne croule,
Si les nouveaux chevaliers du brouillard,
Dont le moins vil est un lâche pillard,
Si les barons de haute et basse pègre,
Vils sacripants, sa garde et son rempart,
Qui font si gras quand le peuple fait maigre.
Et vont sur tout s'adjugeant large part,
Si ces bandits, cette truanderie,
Longtemps encor nous courbe sous ses lois,

C'est fait de nous, c'est fait de la patrie,
Déjà réduite aux plus affreux abois.

Pauvres niais et lâches que nous sommes
De nous laisser brider par de tels hommes!
Allons, du cœur pour un moment, debout,
Et rejetons ces fanges dans l'égoût!

Vous hésitez?... Eh! bien donc, que Versailles
Vomisse tous les feux de son enfer;
Qu'aux quatre vents un ouragan de fer
Disperse enfin toute cette canaille!!!

Nous, l'œuvre faite, épurons nos faubourgs;
Purifions les moindres carrefours;
La flamme en main, de Montmartre à Montrouge,
Désinfectons jusqu'au plus petit bouge;
Du vice impur enfumons chaque nid;
Balayons tout de Péters à Madrid;
Que les bazars humains où s'achalande

Toute Phryné qui cherche la demande,

Que ces charniers, honte du boulevard,

Que de Bantbré le riche lupanar,

Blanchis à chaux, ne servent plus de niches

Ni de retraits aux boucs pas plus qu'aux biches ;

Dans ses hideurs enfin, que le passé

Soit pour nos fils à jamais effacé !!!

Oh ! que n'a-t-on fait chef de la voirie

Celui qui fut autrefois Mercadet?

Il s'étiole au fond de sa mairie :

L'inspection des mœurs était son fait.

A tous il eût inspiré confiance,

Vu son savoir et son expérience ;

Car dans Paris nul autre ne connaît

Si bien les us de la galanterie ;

Il fut jadis coq en cette industrie ;

Aussi pour lui n'a-t-elle aucun secret.

Sombres réduits des amours clandestines,

Harems discrets, vrais sérails de houris,

Dont au champagne on règle au mieux le prix,
Salons, boudoirs, cabinets et sentines,
Gîtes ombreux, voluptueux abris,
Royaume, empire, états des Messalines,
Il connaît tout, car il a tout appris.

Mais du destin, dérision amère!
De ce monsieur, le vote a fait un maire :
Ceint de l'écharpe, au seul nom de la loi,
De tous conjoints il cimente la foi,
Et n'admet plus d'hymens de la main gauche
Ni d'unions même à l'état d'ébauche.

Jamais, dit-on, apprenti magistrat
Ne fut plus vite au fait de son état.

Que ne l'a-t-on fait chef de la police?
Il eût rendu bien autrement service :
Son nom frappait d'une juste terreur,
Dans ses excès l'émérite viveur.

Comme au début tout imprudent novice,

Et l'œil braqué sur ces antres puants,

Où chaque soir, à huit heures précises,

Le populaire ouvre et tient ses assises,

Bras retroussés et brûle-gueule aux dents,

Il aurait su de la démagogie

Régler les bonds, réprimer les écarts,

A la pudeur ramener les braillards,

Discipliner leur éloquente orgie,

Et leur prouver qu'en fait de sens commun,

Tous pris ensemble, ils n'en ont pas pour un.

Dans une cave, infecté tabagie,

Club à cinq sous, sise en plein boulevard,

Brille un tribun qu'on doit citer à part,

Vu sa brutale et grotesque énergie,

C'est Gaillard père ou le père Gaillard.

Ce citoyen fut artiste en chaussures,

Mais ne fit pas son métier très-longtemps :

Privé de forme et manquant de mesures,

Il était mal prisé de ses clients,

Quoique fort bien goûté des pédicures.

Il en eut comme un durillon au cœur !

Mais *in petto* connaissant sa valeur,

Le desservant de la cordonnerie

Céda son fonds, se fit conspirateur,

Et consacra ses jours à la patrie.

Mais la patrie, hélas ! saisit le fil

D'un gros complot ourdi par notre artiste :

Fâcheux début, mais dénoûment plus triste,

On l'envoya conspirer en exil.

Il y resta ne sais combien d'années,

Ni lui non plus, et je ne sache pas

Qu'on ait rendu bien dures ses journées,

Car il revint moins avachi, plus gras,

Et bénissant Dieu de ses destinées.

Ce qu'il a fait, comment il a vécu

Jusqu'au moment où s'écroula l'Empire,

C'est son secret, mais je suis convaincu
Que la police, un jour, saura le dire.

Passons. Depuis tout club est son milieu ;
S'il sort de l'un, c'est pour courir à l'autre ;
Ce démocrate est un ardent apôtre,
Et Robespierre, il le crie, est son Dieu.
Comme il tempête et tance la Commune,
Quand, par hasard, elle use de lenteurs !
A coups de poing il meurtrit la tribune,
Il est plus beau qu'Oreste en ses fureurs.
Mais, disons-le, dans ses jets d'éloquence,
Il se relivre au commerce du cuir,
Et le débite en si grande abondance,
Qu'en l'écoutant, on est tenté de fuir,
Et que les pieds font mal à l'assistance.

Mais, la Commune, en ce fougueux ami,
Flaira, dit-on, un secret ennemi,
Et décida, pour punir ses bravades,

De le charger du soin des barricades.

Y travailler sur l'heure était urgent,
Coûte que coûte, attendu que Versailles
La menaçait de justes représailles...
Mais on ne peut rien faire sans argent,
Et Gaillard père, au début de son œuvre,
Ne put payer le plus petit manœuvre.

Or, comme il est d'une grincheuse humeur,
Il redouta que toute son équipe,
Vu ses entours, le prît pour un voleur,
Et fut saisi d'une telle fureur,
Qu'entre ses dents il en brisa sa pipe;
Fâcheux éclats de la part d'un fumeur!
Cet incident redoubla sa rancune
A si haut point, qu'en bon républicain
Il eût tué le chef de la Commune
S'il fût tombé dans l'instant sous sa main.

Mais, attendu leur extrême prudence,

Ceux qu'il croyait ses fidèles amis,

Avec grand soin se tinrent à distance,

S'applaudissant de l'avoir compromis,

Très-résolus de jeter à la côte,

Puis, le moment venu, de couler bas

Le maladroit qui, dans son embarras,

Avait commis l'impardonnable faute

De signaler leurs vols et leur maltôte.

Ayant affaire à de plus forts que lui,

Très-prudemment notre homme prit le large.

Par où, comment, et quel jour il a fui,

Ce qu'il devint, ce qu'il fait aujourd'hui,

De l'expliquer la police se charge.

Mais, disons-le, cet ancien cordonnier

Était vraiment le dessus du panier,

De tous les clubs, depuis que dans ces bouges

On n'applaudit plus que les extra-rouges,

Et que l'on *tombe* à coups de poing, tous ceux
Qui ne sont pas de parfaits Communeux.

Dans un ignoble intérêt de boutique,
D'un tour de main, la presse politique,
Châtrée à fond par de sales goujats,
Pour truchements n'a plus que des castrats,
Donnant aux clubs le ton ou la réplique.
Les concertants piaillent à l'unisson,
Matin et soir, leur sauvage chanson :
« Sus aux puissants ; aux riches, Anathème !
» Tout pour le peuple et nous ! » Voilà leur thème.

Pyat, Vallès, Verlet et Vermorel,
Dont pour brosseurs n'eût pas voulu Carel,
Les Siamois de l'hugolâtrerie,
Auguste et Paul Meurice-Vacquerie,
Qui pour principe ont de n'en point avoir,
Un Vésinier, le héraut du pouvoir,

Marchal, Vermesch, Quentin et Delescluse

Qui n'entend pas que le peuple s'amuse.

Enfin Henri Luçay de Rochefort,

Leur coryphée et leur léger ténor.

Voilà, soit dit en vers, ainsi qu'en prose,

Le nom, l'état de chaque virtuose

De qui la feuille est au diapason

De la Commune, et jamais ne détonne :

D'un tel accord il se peut qu'on s'étonne,

Mais j'en comprends, quant à moi, la raison,

Et je suis sûr qu'on doit la trouver bonne.

Laissons la troupe et parlons du ténor :

A mon avis, le comte Rochefort

Jouit d'un renom que rien ne justifie :

Je le connais, et sa photographie,

Œuvre vingt fois reprise par Nadar,

Est un charmant trompe-l'œil, que son art

A réussi, mais que je rectifie,

Sans dessiner un seul trait au hasard :

Le front, le nez, les yeux, le menton et la bouche ,

Tout vu d'ensemble me déplaît ;

Nez long, bouche pincée, œil clignotant et louche ;

Front, menton enfin, tout est laid.

Ce galbe déplaisant me semble une enveloppe

Où l'esprit, à l'étroit serré,

N'est qu'un instinct que l'art par moments développe,

Mais qui n'est qu'à faux éclairé.

Un singe, jeune encor, a de la gentillesse,

De l'esprit sans prétention ;

Mais plus tard il grimace, et ses vieux tours d'adresse

Ne sont plus qu'imitation.

Lors il déplaît : ainsi de notre pamphlétaire,

Quand, las du métier d'insulteur,

Il mendia bien bas la faveur populaire,

Et mit un faux nez d'orateur.

Du vrai tribun n'ayant les poumons ni la taille,

    Ni le sentiment ni le cœur,

Odieux boute-feu, poussant à la bataille,

    Puis s'échappant en franc-fileur,

Après un double échec, il quitta la tribune,

    Applaudi de ses électeurs ;

Mais quand il attaqua la Chambre et la Commune,

    Honni, sifflé de ses lecteurs,

Il comprit aussitôt que le jour de sa chute

    Approchait, et sans nul retard,

En vrai polichinelle, après une culbute,

    Il accomplit le grand écart.

Il était déjà loin, mais, ô destin ! Versailles

    Instruit que Son Honneur filait,

Lui barra le chemin, et le prit dans les mailles

    De son invisible filet.

Maintenant, qu'on l'envoie à Cayenne, à Carthage,

N'importe où, nul ne le plaindra ;

Mais si ce bel oiseau doit demeurer en cage,

Alors chacun applaudira.

D'heure en heure pour nous le jour devient plus sombre,

Et de la liberté le phare glorieux,

Qui devait éclipser la lumière des cieux,

S'affaisse, et semble près de s'éteindre dans l'ombre.

La Commune, aujourd'hui, prétend tout asservir

A son joug ; nos tyrans enfin jettent le masque ;

Nous sommes avec eux menacés de périr,

Au milieu d'une sale et honteuse bourrasque.

L'Hôtel-de-Ville est plein de fous ambitieux.

Enfiélés de mépris les uns contre les autres,
Tout à leurs intérêts, indifférents aux nôtres,
Dont ils étaient jadis bassement soucieux.

Eh! qu'importe à Pyat, à Billoray, qu'importe
Que le peuple se trouve indignement traité ;
Ils ont leur république, ils en jouent, et de sorte
Qu'on doit, bon gré malgré, subir leur volonté.

Tous ont fait en deux mois de telles infamies,
Éjaculé, vomi‚tant de bile et de fiel
Qu'ils nous ont écœurés! Ouvrez *t'Officiel*,
C'est un sanglant recueil d'atroces inepties.

Voyez. Le monument, que jadis on créa
Non point pour attester, mais effacer le crime
Commis par un bandit de juin, et dont Bréa,
Un vieux guerrier, devint l'héroïque victime.

Eh bien ! ces simples murs, le citoyen Meillet
Veut que la république au plus tôt les détruise :
« C'est une insulte au peuple, il faut qu'un prompt décret
Les fasse disparaître... Et puis c'est une église ! »

A cette motion, Vesinier a souri ;
Il l'approuve, ainsi fait Johannard, mais il pense
Que la Commune, en droit, à l'assassin Nourri
Ne saurait refuser sa juste récompense.

L'assemblée aussitôt, par acclamation,
Décide qu'on fera revenir de Cayenne
Le déporté, de plus vote une pension
A sa mère, une grande et noble citoyenne.

Ce vote fut suivi de violents débats :
Douze gredins voulaient étendre la mesure
Aux assassins connus de Lecomte et Thomas,
Protestant qu'on ferait, en ne la votant pas,
Aux héros de Montmartre, une mortelle injure.

Ne pouvant arriver à l'homme que poursuit
Avec acharnement leur implacable haine,
Pierre à pierre leur main sacrilége a détruit,
Après l'avoir pillé, son modeste domaine.

Ce honteux vandalisme eut lieu le treize mai
Au matin, et l'on put constater la présence
Des cinq exécuteurs responsables : Demay,
Courbet, Paschal Grousset, Félix Pyat, Clémence.

L'archevêque, l'orgueil de notre épiscopat,
D'humbles prêtres, objets des plus pieux hommages,
Coupable de vertus, un noble magistrat
Sont dans un cabanon enfermés pour ôtages.

Leur aurait-on donné des bourreaux pour geôliers?
Ferré pousserait-il à ce point le délire?
Non, il ne voudra pas qu'un seul des prisonniers
Arrose de son sang la palme du martyre.

En club infect on a transformé le saint lieu ;
On pille le trésor de la plus pauvre église,
On souille le ciboire où repose encor Dieu,
Et ce que l'on ne peut emporter, on le brise.

Enfin, poussant à bout la profanation,
Contre toute grandeur la Commune animée
Vote du monument de notre grande armée
Le découronnement et la destruction !!

Bas-reliefs, colonne, statue,
Ensemble tout s'est écroulé ;
Tout gît aujourd'hui dans la rue,
Sous les yeux d'un peuple affolé.
Ce jour sera dans notre histoire
Un jour de lugubre mémoire,
Et le plus lointain avenir,
Le trouvant inscrit dans nos fastes,
Parmi nos temps les plus néfastes,
En maudira le souvenir.

C'était la page que nos pères

Avaient écrite avec leur sang,

Et dont les vivants caractères

Disaient leur gloire à chaque enfant.

Cette page sainte et sacrée,

D'ignobles mains l'ont déchirée ;

Nos fils n'auront pas sous les yeux

Ces titres d'immortelle gloire,

Et ces exploits que la victoire

Avait burinés dans les cieux.

Avant qu'elle fût descendue

De son socle et mise en morceaux,

A la Prusse elle était vendue

Par les chefs de nos Communaux.

Longtemps Bismarck, dans sa pensée,

Avait rêvé qu'en son musée

Berlin en verrait les débris ;

Dès qu'il sut avec qui s'entendre,

Il paya ce qu'il n'eût pu prendre,
Sans même en discuter le prix.

Nul doute que l'ignoble drôle
Qui complota ce vil traité,
Ne porte empreinte à son épaule
La marque de sa dignité.
Quelle regrettable lacune,
S'il eût manqué dans la Commune
Un forçat, retour de Toulon !
Non, à l'ensemble rien ne manque :
Tout est là : carroubleur de banque.
Apostat, faussaire et félon.

Promoteur de cet acte impie,
O Courbet, n'as-tu pas compris
Que tu déshonorais ta vie,
Et livrais ton nom au mépris ?
N'aspire plus après la gloire ;

Le dégoût suivra ta mémoire

Dans le temps et l'éternité ;

Oui, tu survivras ; mais la honte

Dont le flot d'âge en âge monte,

Voilà ton immortalité.

———————

Deficiunt vires.

Je m'arrête. Mon sang péniblement circule.

La Commune, en mourant, l'a commandé : Tout brûle !

Les monuments pompeux qu'aux étrangers surpris,

Avec orgueil hier encor montrait Paris,

Les splendides trésors que tous devaient défendre,

Demain ne seront plus que débris et que cendre ;

L'incendie en fureur, de ses langues de feu

Embrasse la cité tout entière, et si Dieu

N'étend bientôt sur nous sa droite tutélaire,

Nous nous effondrerons dans un vaste cratère,

Et du gouffre à jamais s'élèveront des cris,

De lamentables voix, disant : Là fut Paris.

Mais après tant de honte, une telle infortune !

Dieu ne peut le vouloir ; non ! Que sur la Commune,

Ce foyer purulent, ce cloaque fangeux

Des sales passions et des vices hideux ;

Que sur tous ses suppôts dont l'aveugle furie

A meurtri, déchiré le sein de la patrie,

Les ignobles truands que de vils ennemis,

Pour assouvir leur haine ont contre nous vomis ;

Qu'enfin sur ce ramas immonde de sicaires,

Sur tous les Communaux, chefs des incendiaires,

Tombe, éclate du ciel l'implacable courroux :

Si terrible qu'il soit, nous le bénirons tous !

Oui, sur eux frappera l'éternelle justice.....

Car si Dieu veut parfois que l'innocent pâtisse ;

S'il détourne de lui ses regards un moment,

Il inflige une épreuve et non un châtiment.

NOTES

Ont été supprimés par décisions de la Commune :

1o Le 19 Avril 1871 : *Le Soir, la Cloche, l'Opinion Natio-
nale* et *le Bien public.*

2o Le 5 Mai : *Le Petit Moniteur, le Petit National, le Bon
Sens, la Petite Presse, le Petit Journal, la France, le Temps.*

3o Le 18 Mai : *La Commune, l'Écho de Paris, l'Indépen-
dance Française, l'Avenir National, la Patrie, le Pirate, le Républicain, la Revue des Deux-Mondes, l'Écho de l'Ultramar* et
la Justice.

———

Voici la note marchande insérée dans *l'Officiel* de la Commune du mardi 18 Avril :

« La colonne Vendôme a été fondue, comme on le sait,
avec le bronze pris sur les armées russes et autrichiennes
pendant la campagne de 1805. Il n'est pas entré moins de
douze cents pièces de canon, dans la fonte du revêtement
de la colonne. *La totalité de ce bronze pèse un million huit
cent mille livres.* »

« La démolition de la colonne Vendôme aura lieu aujourd'hui, à deux heures après midi.»

Journal officiel de la Commune.

———

16 mai 1871. — 26 floréal an 79.
C'est à 5 heures 1/2 que la colonne est tombée.

1958 — PARIS. ÉDOUARD BLOT, IMPRIMEUR., RUE BLEUE, 7.

www.ingramcontent.com/pod-product-compliance
Lightning Source LLC
Chambersburg PA
CBHW061706180626
46818CB00003B/1279